HUD YR
enfys

D1421626

Cyflwynedig i Joanna Pilkington,
a ddaeth o hyd i dylwyth teg
yn ei gardd brydferth

Diolch arbennig i
Narinder Dhami

Ceirios y Dylwythen Deg Goch
ISBN 978-1-904357-39-1

Cyhoeddwyd gyntaf ym Mhrydain Fawr
yn 2003 gan Orchard Books.

Cyhoeddwyd yn wreiddiol yn Saesneg
fel *Ruby the Red Fairy*
Ruby the Red Fairy © 2010 Rainbow Magic Ltd.
A HIT Entertainment Company
Rainbow Magic is a trademark of Rainbow Magic Limited.
Reg. U.S. Pat. & Tm. Off. and other countries.

Hawlfraint y testun: © 2010 Rainbow Magic Ltd
A HIT Entertainment Company
Hawlfraint y darluniau: © Georgie Ripper 2003

Addasiad gan Elin Meek
Hawlfraint yr addasiad © Rily Publications Ltd 2010

Dymuna'r cyhoeddwyr gydnabod cymorth Cyngor Llyfrau Cymru.

Cyhoeddwyd gan Rily Publications Ltd, PO Box 20, Hengoed, CF82 7YR

Argraffwyd a rhwymwyd ym Mhrydain gan
CPI Cox & Wyman Ltd, Reading, Berkshire, RG1 8EX

www.rily.co.uk

Ceirios
y Dylwythen Deg
Goch

gan Daisy Meadows

Darluniau gan Georgie Ripper

Addasiad gan Elin Meek

RILY

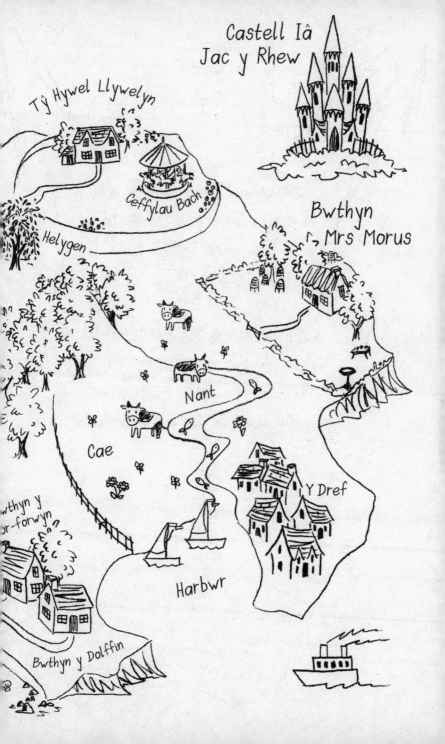

Gwyntoedd oer, a rhew ac eira,
Storm a ddaw – pob lliw ddiflanna.
I bob cornel bell o'r Ynys
Taflaf Dylwyth Teg yr Enfys.

Anfonaf storm, anfonaf felltith –
Gwae i bawb yng Ngwlad y Tylwyth!
Am byth bythoedd fe fydd trwbwl –
Eu gwlad a fydd dan law a chwmwl!

Cynnwys

Pen Draw'r Enfys   9

Syrpréis Bach, Bach   25

Hud y Tylwyth Teg   31

Y Tylwyth Teg mewn Perygl   37

Swyn Jac y Rhew   49

Taith i Wlad y Tylwyth Teg   57

Pen Draw'r Enfys

"Edrych, Dad!" meddai Siriol Edwards gan bwyntio draw dros y môr gwyrddlas at yr ynys greigiog o'u blaenau. Roedden nhw ar y fferi, yn hwylio'n araf tuag ati. "Ynys Swynlaw ydy honna?" gofynnodd.

Nodiodd ei thad. "Ie wir," meddai, gan wenu. "Hwrê – rydyn ni ar ein gwyliau!"

Roedd y tonnau'n torri yn erbyn ochr y fferi wrth iddi symud i fyny ac i lawr ar wyneb y dŵr. Teimlai Siriol yn gyffrous iawn. Gallai weld clogwyni gwyn a chaeau gwyrdd fel emrallt ar yr ynys, a thraethau o dywod aur, gyda phyllau bach o ddŵr yma ac acw.

Yn sydyn, teimlodd Siriol ambell ddiferyn o law yn taro'i phen. "O!" meddai hi'n syn gan edrych i fyny i'r awyr. Roedd yr haul yn dal i wenu.

Cydiodd mam Siriol yn ei llaw. "Gad i ni fynd o dan do," meddai, gan arwain Siriol i mewn i'r cwch.

"Dyna ryfedd!" meddai Siriol. "Glaw *a* haul!"

"Gobeithio bydd y glaw wedi stopio erbyn inni lanio," meddai ei thad. "Nawr, ble mae'r map 'na o'r ynys?"

Edrychodd Siriol drwy'r ffenest ac agor ei llygaid led y pen mewn syndod.

Roedd merch yn sefyll ar ei phen ei hun ar y dec, yn rhythu i fyny i'r awyr. Roedd y diferion glaw wedi gwlychu ei gwallt tywyll, ond doedd hi ddim yn edrych fel petai'n hidio taten.

Edrychodd Siriol draw at ei mam a'i thad. Roedden nhw wrthi'n brysur yn astudio'r map. Felly, sleifiodd Siriol yn ôl allan i weld beth oedd mor ddiddorol.

A dyna lle roedd hi.

Yn yr awyr las, fry uwch eu pennau, roedd yr enfys ryfeddaf a welodd Siriol erioed. Roedd un pen o'r enfys allan yn bell yn y môr. Roedd y pen arall fel petai yn rhywle ar Ynys Swynlaw. Roedd pob un o liwiau'r enfys i'w gweld yn llachar a chlir.

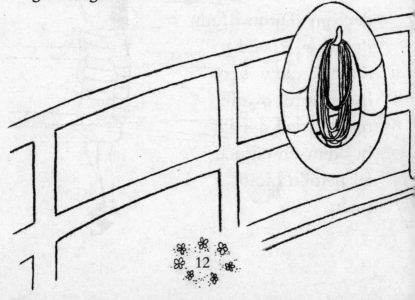

Coch,
oren,
melyn,
gwyrdd,
glas,
indigo
a fioled.

"On'd yw hi'n berffaith?" sibrydodd y ferch â gwallt tywyll wrth Siriol.

"Ydy'n wir," cytunodd Siriol. "Wyt ti'n mynd i Ynys Swynlaw ar wyliau?"

Nodiodd y ferch. "Rydyn ni'n aros am wythnos," meddai hi. "Catrin Bowen ydw i."

Gwenodd Siriol, yn falch o weld bod y glaw wedi stopio. "Siriol Edwards ydw i. Rydyn ni'n aros ym Mwthyn y Fôr-forwyn," meddai.

"Ac rydyn ni ym Mwthyn y Dolffin," meddai Catrin. "Wyt ti'n meddwl efallai bod y ddau fwthyn yn agos at ei gilydd?"

"Gobeithio wir," atebodd Siriol. Roedd ganddi deimlad ei bod hi'n mynd i hoffi Catrin.

Pwysodd Catrin dros y rheilen ac edrych i lawr i'r dŵr pefriog. "Mae'r dŵr yn edrych yn andros o ddwfn,

on'd yw e?" meddai hi. "Efallai bod
ambell fôr-forwyn yno nawr, yn ein
gwylio ni!"

Syllodd Siriol ar y tonnau. Gwelodd
rywbeth a wnaeth i'w chalon golli
curiad. "Edrych!" meddai hi. "Beth ydy
hwnna – gwallt môr-forwyn?" Yna
dechreuodd chwerthin, wrth weld mai
dim ond gwymon oedd e.

"Mae'n bosib mai mwclis rhyw fôr-
forwyn ydyn nhw," meddai Catrin gan
wenu. "Efallai ei bod wedi'u colli nhw
wrth geisio dianc rhag anghenfil y môr."

Erbyn hyn, roedd y fferi'n hwylio i mewn i harbwr bach Swynlaw. Roedd gwylanod yn hedfan o'u cwmpas, a'r cychod pysgota'n symud yn ysgafn ar wyneb y dŵr.

"Edrych ar y clogwyn mawr gwyn draw fan 'na," meddai Catrin gan bwyntio ato. "Mae e'n edrych bron fel wyneb cawr, on'd yw e?"

Edrychodd Siriol, a nodio. Roedd Catrin fel petai hi'n gweld hud a lledrith *ym mhob man*.

"Dyna ble rwyt ti, Siriol!"
Trodd Siriol a gweld ei
thad a'i mam yn dod
allan ar y dec.
"Fe fyddwn ni'n mynd
oddi ar y fferi mewn
ychydig funudau,"
meddai ei mam.

"Mam, Dad, dyma
Catrin," meddai Siriol.
"Mae hi'n aros ym Mwthyn y
Dolffin."

"Mae e drws nesaf i'n bwthyn ni,"
meddai Mr Edwards. "Dwi'n cofio'i
weld e ar y map."

Edrychodd Siriol a Catrin ar ei
gilydd, gan wenu'n hapus.

"Mae'n well i mi fynd i chwilio
am Mam a Dad," meddai Catrin,
gan edrych o'i chwmpas. "O, dyma
nhw."

Daeth mam a thad Catrin draw i ddweud helô wrth Siriol a'i rhieni. Wedyn dociodd y fferi yn yr harbwr bach, a dechreuodd pawb gerdded oddi ar y cwch.

"Mae ein bythynnod ni ym mhen draw'r harbwr," meddai tad Siriol, gan edrych ar y map. "Dydyn nhw ddim yn bell."

Roedd Bwthyn y Fôr-forwyn a Bwthyn y Dolffin bron iawn ar y traeth. Roedd Siriol yn dwlu ar ei hystafell wely hi, yn uchel yn yr atig. O'r ffenest, gallai weld y tonnau'n torri ar y tywod.

Clywodd rywun yn gweiddi, ac edrychodd i lawr. Catrin oedd yno. Roedd hi'n sefyll o dan y ffenest, yn codi'i llaw.

"Gad i ni fynd i weld y traeth!" galwodd Catrin.

Rhuthrodd Siriol allan ati.

Roedd pentyrrau o wymon ar y tywod, a chregyn bach pinc a gwyn yma ac acw.

"Dwi wrth fy modd fan hyn yn barod!" gwaeddodd Siriol yn hapus dros sŵn y tonnau.

"A finnau hefyd," meddai Catrin. Pwyntiodd i fyny i'r awyr. "Edrych, mae'r enfys yn dal yna."

Edrychodd Siriol i fyny. Roedd yr enfys yn disgleirio'n llachar ynghanol y cymylau gwyn ysgafn.

"Wyt ti wedi clywed y stori am y crochan o aur ym mhen draw'r enfys?" gofynnodd Catrin.

Nodiodd Siriol. "Ydw, ond dim ond mewn storïau tylwyth teg mae hynny," meddai.

Gwenodd Catrin. "Efallai. Ond beth am fynd i weld droson ni ein hunain?"

"O'r gorau," cytunodd Siriol. "Fe allwn ni edrych o gwmpas yr ynys ar yr un pryd."

Rhuthrodd y ddwy'n ôl i ddweud
wrth eu rhieni ble roedden nhw'n mynd,
cyn dechrau cerdded ar hyd lôn fach y
tu ôl i'r bythynnod. Roedd honno'n eu
harwain i ffwrdd o'r traeth, ar draws
caeau gwyrdd, ac i mewn i goedwig
fechan.

Daliai Siriol i edrych ar yr enfys. Roedd hi'n poeni na fyddai'r lliwiau mor llachar gan nad oedd hi'n bwrw glaw erbyn hyn. Ond na – roedd y lliwiau'n dal i fod yr un mor glir a disglair ag o'r blaen.

"Mae'n edrych fel petai pen draw'r enfys draw fan 'na," meddai Catrin. "Dere!" A brysiodd tuag at y coed.

Roedd y goedwig yn hyfryd o oer a gwyrdd ar ôl gwres yr haul. Aeth Siriol a Catrin ar hyd rhyw lwybr troellog nes dod at lannerch. Wedyn dyma'r ddwy'n aros ac yn syllu.

Roedd yr enfys yn disgleirio i lawr ar y borfa drwy fwlch yn y coed.

Ac yno, ym mhen draw'r enfys, roedd hen grochan du.

Sypréis Bach, Bach

"Edrych!" sibrydodd Catrin. "Mae 'na grochan o aur yna, go iawn!"

"Efallai mai dim ond hen grochan coginio yw e," meddai Catrin yn ansicr. "Mae'n bosib mai rhywun oedd yn gwersylla adawodd e ar ôl."

Ond ysgydwodd Catrin ei phen. "Dwi ddim yn meddwl hynny," meddai. "Mae e'n edrych yn hen iawn."

Syllodd Siriol ar y crochan. Roedd e'n gorwedd ben i waered ar y borfa.

"Gad inni gael gwell golwg arno fe," meddai Catrin. Rhedodd ato a cheisio'i symud. "O, mae e'n drwm!" ochneidiodd. Gwthiodd eto, ond symudodd y crochan ddim.

Aeth Siriol draw i'w helpu a bu'r ddwy wrthi'n brysur yn gwthio ac yn hwpo'r crochan. Y tro hwn, fe symudodd e – ond dim ond rhyw fymryn bach.

"Beth am roi cynnig arall arni?" meddai Catrin a'i gwynt yn ei dwrn. "Wyt ti'n barod, Siriol?"

Tap! Tap! Tap!

Syllodd Siriol a Catrin ar ei gilydd.

"Beth oedd hwnna?" meddai Siriol yn syn.

"Wn i ddim," sibrydodd Catrin.

Tap! Tap!

"Dyna fe eto," meddai Catrin gan edrych i lawr ar y crochan. "Wyddost ti beth? Dwi'n credu bod y sŵn yn dod o'r tu mewn i'r crochan 'ma!"

Agorodd llygaid Siriol led y pen. "Wyt ti'n siŵr?" Plygodd i lawr, a rhoi ei chlust wrth y crochan. *Tap! Tap!* Yna, er mawr syndod iddi, clywodd Siriol lais bach, bach.

"Help!" galwodd y llais. "Helpwch fi!"

Cydiodd Siriol ym mraich Catrin. "Glywaist ti hynna?" gofynnodd.

Nodiodd Catrin. "Glou!" meddai hi. "Mae'n *rhaid* inni droi'r crochan!"

Dechreuodd Siriol a Catrin wthio . . .
a gwthio. O'r diwedd, dechreuodd y
crochan siglo o'r naill ochr i'r llall ar y
borfa.

"Rydyn ni bron yna!" meddai Siriol
yn fyr ei hanadl. "Dalia ati i wthio,
Catrin!"

Gwthiodd y merched nerth eu
breichiau. Yn sydyn, trodd y crochan a
rholio ar ei ochr. Cafodd Siriol a
Catrin dipyn o fraw wrth gwympo'n ôl
a glanio'n drwm ar y borfa.

"Edrych!" sibrydodd
Catrin mewn syndod.
Roedd cawod
fach o lwch coch
pefriog wedi hedfan
allan o'r crochan.
"Waw!" meddai Siriol a
Catrin gyda'i gilydd.
Roedd y llwch yn hofran yn yr

aer uwch eu pennau. Ac yno,
ynghanol y cwmwl pefriog, roedd
merch fach, fach ag adenydd ganddi.

Gwyliodd Siriol a Catrin mewn
rhyfeddod wrth i'r ferch fach, fach
symud yng ngolau'r haul, a holl
liwiau'r enfys yn pefrio o'i hadenydd
pert.

"O, Siriol!" sibrydodd Catrin.
"Tylwythen deg yw hi . . ."

Hud y Tylwyth Teg

Hedfanodd y dylwythen deg dros
bennau Siriol a Catrin. Roedd ei ffrog
fer sidan yr un lliw â mefus aeddfed,
a disgleiriai clustdlysau coch crisialog
yn ei chlustiau. Roedd ei gwallt euraidd
wedi'i blethu â rhosynnau bach coch,
a gwisgai sliperi coch tywyll am ei
thraed twt.

Ysgydwodd ei hudlath goch, a
dechreuodd y gawod o lwch-tylwyth-

teg coch, pefriog hofran yn ysgafn i'r llawr. Wrth i'r llwch lanio, roedd pob math o flodau bach coch yn ymddangos, gan wneud sŵn *'pop!'* tawel.

Gwyliodd Siriol a Catrin hi'n gegrwth. Tylwythen deg go iawn oedd hon!

"Mae hyn fel breuddwyd," meddai Siriol.

"Dwi wastad wedi credu mewn tylwyth teg," sibrydodd Catrin. "Ond do'n i erioed wedi disgwyl *gweld* un, chwaith!"

Hedfanodd y dylwythen deg tuag atyn nhw. "O, diolch o *galon*!" galwodd mewn llais bach ariannaidd. "Dwi'n rhydd o'r diwedd!" Hedfanodd i lawr, a glanio ar law Catrin.

"O!" meddai Catrin mewn syndod. Roedd y dylwythen yn teimlo'n fwy ysgafn a meddal na philipala, hyd yn oed.

"Ro'n i'n dechrau meddwl na fyddwn
i *byth* yn gallu dianc o'r hen grochan
'na!" meddai'r dylwythen deg.

Roedd gan Catrin gymaint o
gwestiynau i'w gofyn i'r dylwythen
deg, ond doedd ganddi ddim syniad ble
i ddechrau!

"Dwedwch eich enwau wrtha i,
glou," meddai'r dylwythen. Hedfanodd
i fyny i'r awyr eto. "Mae cymaint i'w

wneud, ac mae'n rhaid inni ddechrau
arni'n syth."

Beth mae hi'n feddwl, tybed?
meddyliodd Siriol wrthi'i hun, cyn
dweud, "Siriol ydw i."

"A Catrin ydw i," meddai Catrin.
"Ond pwy wyt *ti*?"

"Tylwythen Deg Goch yr Enfys ydw
i – ond galwch fi'n Ceirios," atebodd y
dylwythen deg.

"Ceirios . . ." sibrydodd Catrin.
"Tylwythen Deg yr Enfys . . ."
Edrychodd hi a Siriol ar ei gilydd yn
gyffrous. Dyma beth oedd hud a
lledrith go iawn!

"Ie," meddai Ceirios. "Ac mae gen i chwech o chwiorydd: Gwawr, Heulwen, Alaw, Glesni, Indeg a Grug. Un am bob un o liwiau'r enfys, chi'n gweld."

"Beth mae Tylwyth Teg yr Enfys yn ei wneud?" gofynnodd Siriol.

Hedfanodd Ceirios draw a glanio'n ysgafn ar law Catrin. "Ein gwaith ni yw rhoi'r holl liwiau gwahanol ym myd y Tylwyth Teg," eglurodd.

"Felly pam ro't ti wedi cael dy gau yn yr hen grochan 'na?" gofynnodd Siriol.

"A ble mae dy chwiorydd di?" holodd Catrin.

Plygodd Ceirios ei hadenydd euraidd a llanwodd ei llygaid â dagrau bach disglair. "Wn i ddim," meddai hi. "Mae rhywbeth ofnadwy wedi digwydd yng Ngwlad y Tylwyth Teg. Mae'n *rhaid* i chi ein helpu ni!"

Y Tylwyth Teg mewn Perygl

Syllodd Catrin i lawr ar Ceirios, oedd yn eistedd yn drist ar law Siriol. "Wrth gwrs y gwnawn ni dy helpu di!" meddai hi.

"Dweda wrthon ni sut, dyna i gyd," ychwanegodd Siriol.

Sychodd Ceirios y dagrau o'i llygaid. "Diolch yn fawr!" meddai. "Ond yn gyntaf mae'n rhaid i chi weld y peth ofnadwy sydd wedi digwydd. Dilynwch fi – ar unwaith!" Ac i fyny â hi i'r awyr, ei hadenydd yn pefrio yng ngolau'r haul.

Rhedodd Siriol a Catrin ar ôl Ceirios ar draws y llannerch. Dawnsiodd hi o'u blaenau nhw, gan dywynnu fel fflam goch. Arhosodd wrth ymyl pwll dŵr bychan o dan goeden helygen. "Edrychwch! Fe ddangosaf i chi beth ddigwyddodd ddoe," meddai.

Hedfanodd dros y pwll gan wasgaru cawod arall o lwch-tylwyth-teg pefriog o'i hudlath fach goch. Ar unwaith, goleuodd y dŵr â rhyw olau arian rhyfedd. Dechreuodd gorddi a ffrwtian, ac yna aeth yn llonydd. Gwyliodd Siriol a Catrin â'u llygaid ar agor led y pen wrth i ddarlun ymddangos. Roedd e'n union fel edrych drwy ffenest i mewn i fyd arall! "O, Siriol, edrych!" meddai Catrin.

Roedd afon las yn llifo'n gyflym heibio i fryniau gwyrdd. Yma a thraw ar y bryniau roedd tai caws llyffant coch a gwyn.

Ac ar ben y bryn uchaf roedd palas arian gyda phedwar tŵr pinc.

Roedd y tyrau mor uchel nes bod eu copa bron o'r golwg y tu ôl i'r cymylau gwyn ysgafn oedd yn hofran heibio.

Roedd cannoedd o dylwyth teg ar eu ffordd i'r palas, rhai'n cerdded a rhai'n hedfan. Gallai Siriol a Catrin weld ambell goblyn, corrach a phwca hefyd. Roedd pawb yn edrych yn gyffrous iawn.

"Ddoe oedd diwrnod Dawns Gŵyl Ifan Gwlad y Tylwyth Teg," esboniodd Ceirios. Hedfanodd dros y pwll a phwyntio i lawr â'i hudlath at ganol yr olygfa. "Dyma fi, gyda fy chwiorydd."

Edrychodd Catrin a Siriol yn ofalus ar y man lle roedd Ceirios yn pwyntio. Yno roedd saith tylwythen deg, pob un wedi'i gwisgo'n hardd yn ei lliw arbennig hi o'r enfys. Ble bynnag roedden nhw'n hedfan, roedden nhw'n gadael llwybr o lwch hud y tu ôl iddyn nhw.

"Mae Dawns Gŵyl Ifan yn achlysur arbennig *iawn*," meddai Ceirios. "Fy chwiorydd a fi sydd bob amser yn gyfrifol am anfon gwahoddiadau at bawb."

I sain cerddoriaeth yn tincial, agorodd prif ddrws y palas o'u blaenau.

"Dyma'r Brenin Gwyn ap Nudd a'r Frenhines Gwen ap Nudd yn dod," meddai Ceirios. "Nhw ydy Brenin a Brenhines y Tylwyth Teg. Maen nhw ar fin dechrau'r ddawns."

Gwyliodd Siriol a Catrin wrth i'r Brenin a'r Frenhines gamu allan o'r palas. Roedd y Brenin yn gwisgo cot euraidd wych, a choron aur ar ei ben. Roedd y frenhines yn gwisgo ffrog arian a choron fach oedd yn ddiemwntau drosti i gyd. Gwaeddodd pawb hwrê yn uchel, yna cododd y Brenin ei law ac aeth pobman yn dawel. "Dylwyth teg," meddai, "mae'n bleser eich gweld chi i gyd yma. Croeso i Ddawns Gŵyl Ifan!"

Curodd y tylwyth teg eu dwylo a gweiddi hwrê eto. Daeth band o frogaod gwyrdd ar y llwyfan, pob un mewn gwasgod borffor smart, a dechreuodd pawb ddawnsio i'r gerddoriaeth.

Yn sydyn, daeth niwl llwyd i lenwi'r lle. Gwyliodd Catrin a Siriol mewn ofn wrth i'r holl dylwyth teg ddechrau

crynu. Gwaeddodd llais mawr oeraidd
o rywle, "Stopiwch y gerddoriaeth!"

Aeth y band yn dawel. Edrychai
pawb yn ofnus. Roedd person tal,
esgyrnog yn gwthio'i ffordd drwy'r
dyrfa. Roedd ei ddillad yn wyn i gyd,
ac roedd rhew ar ei wallt gwyn a'i farf
wen. Roedd pibonwy'n hongian o'i

ddillad. Ond roedd ei wyneb yn goch a gwyllt yr olwg.

"Pwy yw hwnna?" gofynnodd Siriol gan grynu. Roedd ymylon y pwll wedi dechrau rhewi.

"Jac y Rhew yw e," meddai Ceirios. Roedd hithau hefyd yn crynu.

Rhythodd Jac y Rhew yn gas ar saith Tylwythen Deg yr Enfys. "Pam na ches i wahoddiad i'r Ddawns Gŵyl Ifan?" gofynnodd yn oeraidd.

Edrychodd Tylwyth Teg yr Enfys ar ei gilydd mewn arswyd . . .

Edrychodd Ceirios i fyny o'r llun ar y pwll gan wenu'n drist ar Siriol a Catrin. "Do, fe anghofion ni wahodd Jac y Rhew i'r ddawns," meddai.

Camodd Brenhines y Tylwyth Teg ymlaen. "Mae croeso mawr i chi yma, Jac y Rhew," meddai. "Da chi, arhoswch a mwynhau'r ddawns."

Ond roedd Jac y Rhew'n edrych yn fwy gwyllt fyth. "Rhy hwyr!" meddai e'n gas. "Fe anghofioch chi fy ngwahodd i!" Trodd a phwyntio bys tenau, rhewllyd at Dylwyth Teg yr Enfys.

"Wel, chewch chi ddim anghofio hyn!" aeth yn ei flaen. "Fe fydd fy swyn yn anfon Tylwyth Teg yr Enfys i bedwar ban byd y meidrolion. O'r dydd hwn ymlaen, fe fydd Gwlad y Tylwyth Teg heb liw – am byth!"

Swyn Jac y Rhew

Wrth i Jac y Rhew adrodd ei swyn, dechreuodd gwynt mawr rhewllyd chwythu. Cipiwyd pob un o saith Tylwythen Deg yr Enfys a chawsant eu troelli fry i'r awyr dywyll. Gwyliodd y tylwyth teg eraill yn drist.

Trodd Jac y Rhew at y Brenin a'r Frenhines. "Fe fydd Tylwyth Teg yr Enfys yn cael eu dal yn gaeth am byth bythoedd," bloeddiodd yn gas. Yn sydyn, diflannodd gan adael olion traed rhewllyd ar ei ôl.

Camodd Brenhines y Tylwyth Teg ymlaen a chodi'i hudlath arian. "Alla i ddim dad-wneud swyn Jac y Rhew yn llwyr," gwaeddodd, wrth i'r gwynt udo a chwyrlïo o'i chwmpas. "Ond fe alla i helpu Tylwyth Teg yr Enfys i fynd i le diogel hyd nes y cân nhw eu hachub!"

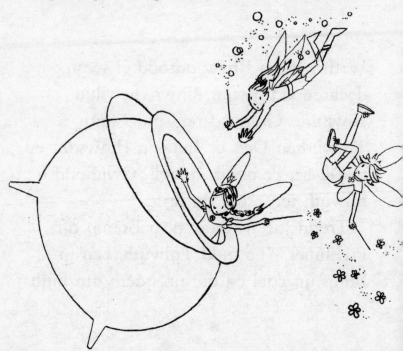

Pwyntiodd y Frenhines ei hudlath at yr awyr lwyd uwch eu pennau. Chwyrlïodd crochan du allan o'r cymylau stormus gan hedfan tuag at Dylwyth Teg yr Enfys. Fesul un, cwympodd pob un ohonyn nhw i mewn i'r crochan.

"O, grochan ym mhen draw'r enfys, cadwa Dylwyth Teg yr Enfys yn ddiogel gyda'i gilydd," galwodd y

Frenhines. "A dos â nhw i Ynys Swynlaw!"

Hedfanodd y crochan o'r golwg, y tu ôl i gwmwl tywyll. Yn sydyn, dechreuodd lliwiau llachar Gwlad y Tylwyth Teg bylu, nes bod pobman yn edrych fel hen ffotograff du a gwyn.

"O, na!" ebychodd Catrin wrth i'r llun yn y pwll dŵr ddiflannu.

"Felly, fe wnaeth Brenhines y Tylwyth Teg ei swyn *ei hun*!" meddai Siriol. Roedd hi'n llawn cwestiynau. "Fe roddodd hi bob un ohonoch chi yn y crochan, a'ch anfon chi i Ynys Swynlaw."

Nodiodd Ceirios. "Roedd ein brenhines ni'n gwybod y bydden ni'n ddiogel yma," meddai hi. "Rydyn ni'n adnabod Swynlaw yn dda. Mae e'n lle llawn hud a lledrith."

"Ond ble mae dy chwiorydd di nawr?" holodd Catrin. "Roedden nhw i gyd yn y crochan hefyd."

Edrychodd Ceirios yn drist. "Rhaid bod swyn Jac y Rhew yn gryfach nag y meddyliodd y Frenhines," meddai. "Wrth i'r crochan chwyrlïo drwy'r awyr, fe chwythodd y gwynt fy chwiorydd allan ohono. Ro'n i ar y gwaelod, felly ro'n i'n ddiogel. Ond fe ges i fy nal yn sownd pan laniodd y crochan ben i waered."

"Felly ydy dy chwiorydd di yn rhywle ar Ynys Swynlaw?" gofynnodd Catrin.

Nodiodd Ceirios. "Ydyn, ond maen nhw wedi'u gwasgaru dros yr ynys i gyd. Mae swyn Jac y Rhew wedi'u dal nhw hefyd." Hedfanodd tuag at Catrin a glanio ar ei hysgwydd. "Dyna sut gallwch chi eich dwy helpu."

"Sut, felly?" gofynnodd Siriol.

"Fe ddaethoch chi o hyd i *mi*, on'd do fe?" meddai'r dylwythen deg. "Fe ddigwyddodd hynny oherwydd eich bod chi'n credu mewn hud a lledrith." Hedfanodd o ysgwydd Catrin i ysgwydd Siriol. "Felly, fe allech chi achub fy chwiorydd hefyd! Wedyn fe gawn ni i gyd ddod â'r lliw yn ôl i Wlad y Tylwyth Teg unwaith eto."

Taith i Wlad y Tylwyth Teg

"Bydden ni wrth ein bodd yn dy helpu
i chwilio amdanyn nhw," meddai
Catrin ar unwaith.

"Wrth gwrs," cytunodd Siriol.

"O, diolch i chi!" meddai Ceirios yn
hapus.

"Ond dim ond am wythnos o wyliau
rydyn ni yma," meddai Siriol. "Fydd
hynny'n ddigon o amser?"

"Mae'n rhaid inni ddechrau arni ar unwaith," meddai Ceirios. "Yn gyntaf, rhaid imi fynd â chi i Wlad y Tylwyth Teg i gwrdd â'n Brenin a'n Brenhines. Fe fyddan nhw wrth eu bodd eich bod chi'n mynd i'm helpu i ddod o hyd i fy chwiorydd."

Syllodd Siriol a Catrin ar Ceirios.

"Rwyt ti'n mynd â ni i *Wlad y Tylwyth Teg*?" ebychodd Catrin. Prin y gallai hi na Siriol gredu eu clustiau.

"Ond sut awn ni yno?" holodd Siriol mewn penbleth.

"Hedfan, wrth gwrs," atebodd Ceirios.

"Ond allwn *ni* ddim hedfan!" meddai Siriol.

Gwenodd Ceirios. Chwyrlïodd i'r awyr a hedfan dros bennau'r merched gan droelli'i hudlath uwch eu pennau. Cwympodd llwch-tylwyth-teg coch i lawr drostyn nhw.

Dechreuodd Siriol a Catrin deimlo braidd yn rhyfedd. Oedd y coed yn mynd yn fwy, tybed, neu nhw oedd yn mynd yn llai?

Nhw oedd yn mynd yn llai!

Yn llai ac yn llai ac yn llai, nes eu bod nhw yr un maint â Ceirios.

"Dwi'n bitw bach!" chwarddodd Siriol. Roedd hi mor fach fel bod y blodau o'i chwmpas yn edrych mor fawr â choed.

Trodd Catrin i edrych y tu ôl iddi. Roedd hi wedi tyfu adenydd – rhai mor ddisglair a hardd â rhai

pilipala! Gwenodd Ceirios ar y ddwy.
"Nawr fe allwch chi hedfan," meddai.
"I ffwrdd â ni!"

Symudodd Siriol ei hysgwyddau.
Dechreuodd ei hadenydd agor a chau,
a theimlodd ei hun yn codi i'r awyr.
Roedd hi braidd yn sigledig – roedd e'n
deimlad rhyfedd iawn!

"Help!" bloeddiodd Catrin, wrth iddi saethu i fyny i'r awyr. "Dwi ddim yn gallu hedfan yn dda iawn!"

"Dewch," meddai Ceirios, gan gydio yn nwylo'r ddwy. "Fe wna i eich helpu chi." Arweiniodd hi nhw i fyny ac i fyny, allan o'r llannerch.

Edrychodd Siriol i lawr ar Ynys Swynlaw oddi tani. Gallai weld y bythynnod, y traeth a'r harbwr.

"Ble *mae* Gwlad y Tylwyth Teg, Ceirios?" gofynnodd Catrin wrth iddyn nhw hedfan yn uwch ac yn uwch, fry i'r cymylau.

"Mae hi mor bell i ffwrdd, allai neb meidrol fyth ddod o hyd iddi hi," atebodd Siriol.

Hedfanon nhw ymlaen drwy'r cymylau am amser hir, hir. Ond o'r diwedd trodd Ceirios atyn nhw a gwenu. "Dyma ni wedi cyrraedd," meddai. Wrth iddyn nhw hedfan i lawr o'r cymylau, gwelodd Catrin a Siriol rai o'r llefydd oedd yn y llun ar y pwll dŵr: y palas, y bryniau a'r tai caws llyffant, yr afon a'r blodau. Ond doedd dim lliwiau llachar yn unlle nawr.

Oherwydd swyn Jac y Rhew, roedd popeth yn llwyd a diflas. Roedd hyd yn oed yr awyr yn teimlo'n oer a llaith.

Cerddai ambell dylwythen deg o gwmpas yn ddiflas ar y bryniau, eu hadenydd yn hongian yn llipa ar eu cefnau. Doedd neb yn teimlo awydd hedfan.

Yn sydyn, edrychodd un o'r tylwyth teg i fyny i'r awyr. "Edrychwch!" gwaeddodd.

"Ceirios ydy hi. Mae hi wedi dod yn ôl!"

Ar unwaith, hedfanodd y tylwyth teg
i fyny tuag at Ceirios, Catrin a Siriol.
Hedfanodd pawb o'u cwmpas, yn
edrych yn llawer hapusach ac yn gofyn
llawer o gwestiynau.

"Wyt ti wedi dod o Ynys Swynlaw,
Ceirios?"

"Ble mae gweddill Tylwyth Teg yr
Enfys?"

"Pwy yw dy ffrindiau newydd di?"

"Yn gyntaf, rhaid inni weld y Brenin
a'r Frenhines. Wedyn fe ddweda i
bopeth wrthoch chi!" addawodd
Ceirios.

Eisteddai'r Brenin Gwyn ap Nudd a'r
Frenhines Gwen ap Nudd ar eu
gorseddau. Roedd eu palas mor llwyd a
diflas â phobman arall yng Ngwlad y
Tylwyth Teg. Ond gwenodd y ddau'n
hapus pan gerddodd Ceirios i mewn
gyda Siriol a Catrin.

"Croeso'n ôl, Ceirios," meddai'r
Frenhines. "Rydyn ni wedi gweld dy
eisiau di."

"Eich Mawrhydi, dwi wedi dod o
hyd i ddwy ferch sy'n credu mewn hud
a lledrith!" cyhoeddodd Ceirios. "Dyma
fy ffrindiau, Catrin a Siriol."

Yn gyflym, eglurodd Ceirios beth
oedd wedi digwydd i weddill Tylwyth
Teg yr Enfys. Dwedodd wrth bawb sut
roedd Siriol a Catrin wedi'i hachub hi.

"Diolch yn fawr i chi," meddai'r
Brenin wrthyn nhw. "Mae Tylwyth
Teg yr Enfys yn bwysig iawn i ni."

"Wnewch chi ein helpu ni i ddod o hyd i chwiorydd Ceirios?" gofynnodd y Frenhines.

"Gwnawn, wrth gwrs," atebodd Catrin.

"Ond sut byddwn ni'n gwybod ble i edrych?" holodd Siriol.

"Y gamp yw peidio ag edrych yn rhy fanwl," meddai'r Frenhines Gwen. "Peidiwch â phoeni. Wrth i chi fwynhau gweddill eich gwyliau, fe fydd yr hud sydd ei angen i ddod o hyd i Dylwyth Teg yr Enfys yn dod atoch *chi*. Fe gewch chi weld."

Rhwbiodd y Brenin Gwyn ap Nudd ei farf yn feddylgar. "Mae chwe diwrnod o'ch gwyliau ar ôl, a chwech o dylwyth teg i ddod o hyd iddyn nhw," meddai. "Dyna i chi un dylwythen y dydd. Mae tipyn o waith o'ch blaen chi, felly, ac fe fydd angen help arbennig arnoch chi." Galwodd ar un o'i weision – broga tew mewn gwasgod.

Herciodd y broga draw at Siriol a Catrin a rhoi bag bach arian yr un iddyn nhw.

"Mae offer hudol yn y bagiau hyn," meddai'r Frenhines wrthyn nhw. "Peidiwch ag edrych ynddyn nhw eto, na'u hagor nes bydd raid. Yn y bagiau mae 'na rywbeth i'ch helpu." Gwenodd ar Catrin a Siriol.

"Edrychwch!" gwaeddodd un o'r brogaod eraill. "Mae Ceirios yn dechrau colli'i lliw!"

Edrychodd Siriol a Catrin mewn arswyd ar Ceirios. Oedd wir, roedd y dylwythen deg yn mynd yn fwy a mwy gwelw o flaen eu llygaid. Roedd ei ffrog hardd yn binc, nid yn goch, ac roedd ei gwallt euraidd yn troi'n wyn.

"Mae swyn Jac y Rhew yn dal yn gryf," meddai'r Brenin, gan edrych yn

bryderus ar Ceirios. "Allwn ni ddim dad-wneud ei swyn nes bydd Tylwyth Teg yr Enfys gyda'i gilydd unwaith eto."

"Brysia, Ceirios!" meddai'r Frenhines. "Mae'n rhaid i ti fynd 'nôl i Ynys Swynlaw ar unwaith."

Hedfanodd Ceirios, Catrin a Siriol i fyny i'r awyr.

"Peidiwch â phoeni!" galwodd Catrin, wrth iddyn nhw hedfan yn uwch. "Fe fyddwn ni'n ôl yma gyda phob un o Dylwyth Teg yr Enfys cyn bo hir!"

"Pob lwc!" gwaeddodd y Brenin a'r Frenhines.

Edrychodd Siriol a Catrin yn bryderus ar Ceirios wrth iddyn nhw hedfan i ffwrdd. Ond fel roedden nhw'n mynd yn bellach o Wlad y Tylwyth Teg, dechreuodd lliw Ceirios ddod yn ôl. Cyn hir roedd hi'n lliwgar a llachar unwaith eto.

Cyrhaeddon nhw Ynys Swynlaw o'r diwedd. Arweiniodd Ceirios y ddwy ferch i'r llannerch yn y coed, a glanion nhw wrth ymyl yr hen grochan du. Wedyn taenodd Ceirios lwch hudol dros Siriol a Catrin. Daeth cwmwl o fwg coch pefriog o rywle, a thyfodd y ddwy ferch yn ôl i'w maint arferol. Symudodd Siriol ei hysgwyddau. Dyna drueni, meddyliodd – mae fy adenydd wedi diflannu.

"O, ro'n i'n mwynhau bod yn dylwythen deg," meddai Catrin. Gwyliodd y ddwy wrth i Ceirios daenu'i llwch hud dros yr hen grochan du.

"Beth wyt ti'n wneud?" gofynnodd Siriol.

"Oherwydd swyn Jac y Rhew, fydda i ddim yn gallu eich helpu chi i chwilio am fy chwiorydd," atebodd Ceirios yn drist. "Felly fe arhosa i amdanoch chi yma, yn y crochan ym mhen draw'r enfys."

Yn sydyn, dechreuodd y crochan symud. Rholiodd dros y borfa, ac aros o dan yr helygen. Roedd canghennau'r goeden yn cyrraedd y llawr.

"Bydd y crochan o'r golwg o dan y goeden," eglurodd Ceirios. "Fe fydda i'n ddiogel yma."

"Gwell i ni ddechrau chwilio ar unwaith am weddill Tylwyth Teg yr Enfys," meddai Siriol wrth Catrin. "Ble dechreuwn ni?"

"Cofiwch beth ddwedodd y Frenhines," meddai Ceirios wrthyn nhw. "Fe fydd yr hud yn dod atoch

chi." Hedfanodd draw at y crochan ac eistedd ar ei ymyl. Wedyn gwthiodd un o ganghennau'r goeden i'r naill ochr a chodi llaw ar Siriol a Catrin. "Hwyl fawr, a phob lwc!"

"Fe fyddwn ni'n ôl cyn bo hir, Siriol," addawodd Catrin.

"Fe ddown ni o hyd i bob un o dy chwiorydd di," meddai Siriol yn bendant. "Fe gei di weld!"

HUD YR enfys

Mae Ceirios yn cuddio'n ddiogel
yn y crochan ym mhen draw'r enfys.
Nawr rhaid i Siriol a Catrin
ddod o hyd i

Gwawr, y Dylwythen Deg Oren

Cragen Ryfedd Iawn

"Am ddiwrnod hyfryd!" gwaeddodd
Siriol Edwards, gan syllu ar yr awyr
las. Roedd hi a Catrin Bowen, ei ffrind,
yn rhedeg ar hyd y tywod melyn ar
draeth Ynys Swynlaw. Roedd eu rhieni'n
cerdded ychydig y tu ôl iddyn nhw.

"Mae'n ddiwrnod *hudolus*,"
ychwanegodd Catrin. Gwenodd y ddwy
ffrind ar ei gilydd.

Roedd Siriol a Catrin wedi dod i
Ynys Swynlaw ar eu gwyliau. Fuon
nhw ddim yn hir cyn gweld ei *fod* e'n
wir yn lle hudolus iawn, iawn!

Wrth iddyn nhw redeg, aethon nhw heibio i byllau glan môr oedd yn disgleirio fel gemau yn yr haul.

Sylwodd Siriol ar *sblash!* bach yn un o'r pyllau. "Mae rhywbeth i mewn ynddo fe, Catrin!" meddai'n gyffrous. "Gad i ni fynd i edrych."

Rhedodd y merched draw at y pwll a phlygu i edrych i mewn iddo.

Curodd calon Catrin fel morthwyl wrth syllu i'r dŵr clir fel crisial. "Beth yw e?" gofynnodd.

Yn sydyn, crychodd y dŵr. Rhedodd cranc brown wysg ei ochr ar draws gwaelod tywodlyd y pwll a diflannu o dan garreg.

Roedd Catrin yn siomedig. "Ro'n i'n meddwl efallai mai un arall o Dylwyth Teg yr Enfys oedd yna," meddai.

"A finnau hefyd," ochneidiodd Siriol.
"Paid â phoeni. Fe ddaliwn ni ati i
chwilio."

"Wrth gwrs," cytunodd Catrin.
"*Hisht*," rhybuddiodd yn sydyn, wrth
i'w rhieni ddod tuag atyn nhw.

Roedd cyfrinach fawr gan Catrin a
Siriol. Roedden nhw'n ceisio dod o hyd
i'r Dylwyth Teg yr Enfys. Roedd Jac y
Rhew wedi rhoi swyn cas arnyn nhw,
ac roedd y tylwyth teg ar goll ar Ynys
Swynlaw. Os na allai'r ddwy ddod o
hyd iddyn nhw, byddai pob lliw wedi
diflannu o wlad y Tylwyth Teg – am
byth!

Edrychodd Siriol ar y môr glas disglair.
"Beth am fynd i nofio?" awgrymodd.

Ond doedd Catrin ddim yn gwrando.
Roedd hi'n cysgodi'i llygaid â'i llaw ac

yn edrych ymhellach ar hyd y traeth. "Draw fan 'na, Siriol – wrth y creigiau 'na," meddai.

Yna gwelodd Siriol e hefyd – roedd rhywbeth yn wincio ac yn pefrio yn yr haul. "Aros amdana i!" galwodd, wrth i Catrin ruthro draw ato.

Ond pan welodd y ddwy beth oedd yno, dechreuon nhw ochneidio'n siomedig.

"Dim ond papur lapio bar o siocled yw e," meddai Siriol yn drist gan blygu i godi'r papur gloyw, porffor.

Meddyliodd Catrin am eiliad. "Wyt ti'n cofio beth ddwedodd Brenhines y Tylwyth Teg?" gofynnodd.

Nodiodd Siriol. *"Fe fydd yr hud yn dod atoch chi,"* meddai. "Rwyt ti'n iawn, Catrin. Fe ddylen ni fwynhau ein gwyliau, ac aros i'r hud ddigwydd."

Darllena lyfrau eraill

Gwawr, y Dylwythen Deg Oren

i gael gweld pa hud a lledrith sy'n

digwydd nesaf . . .

HUD YR enfys

Heulwen
y Dylwythen
Deg Felen

Ar Gael Nawr!